羽化

Takizawa Kazumi

滝澤一美句集

ふらんす堂

序

滝澤一美さんと親しくお話しするようになったのは、一美さんが私の俳句のカルチャー教室に入ってこられてからである。慎み深く、内に情熱を秘めた方だと思った。その後、「若葉」にも入会され、四、五十代の会である瑠璃の会にも入られて、句会や吟行旅行に熱心に参加されるようになった。

私が上智大学のコミュニティカレッジの講師をしていた時も聴講され、その時に、渡良瀬遊水地の蘆焼の吟行に誘われたことがある。栃木・群馬・埼玉・茨城にまたがる広大な遊水地は、足尾銅山の鉱毒の沈澱と洪水調節のために設けられた湿地帯である。そこで目のあたりにした壮大な蘆焼の光景は、今でも忘れることができない。一美さんは四季この地を訪れ、吟行されていたという。遊水地の自然や生活、特に息を吞む蘆焼の炎の絵巻に心惹かれたからであろう。

一美さんはこの講座で奇しくも鎌田壽藏さんと出会い、結ばれて、鴛鴦俳人となられた。壽藏さんと一美さんの息の合った協力と緻密な編集作業がなかったなら、一一〇〇号記念の『若葉俳句選集』は誕生しなかったであろう。ここに改めて謝意を申上げたい。

句集『羽化』は、花鳥諷詠の本道をゆく一集である。それは、まず、写生の基本が確りされていることだ。

朱の房の一糸乱れぬ雛調度
紙風船折皺深く膨れくる
開きつつ翳りの生るる白牡丹
雨脚の路上に立ちし驟雨かな
白き斑の樹林にはづむ鹿の子かな
遣り水の脛巾に滲むる菊人形

雪囲突き抜け光る辛夷の芽
火の水面毀ち荒鵜の浮び出づ

「紙風船」の句。折り畳まれた紙風船に息を吹き込むと、まず折皺が現れ、やがて全体が膨れて、折皺が分からなくなるほどピンと張る。その過程が如実に描かれている。「雨脚の」の句。車軸を流すような激しい驟雨を描いており、雨脚に焦点を当てた上五中七の表現が際立っている。「遣り水の」の句。脛巾（はばき）を穿いた旅姿の菊人形であろう。菊人形に注いだ水が、脛に巻いた脛巾にまで流れ込んで滲んでいる様子を、見逃さずに描いている。

花鳥諷詠のもう一つの基本である季語も、よく吟味され、生かされている。

ちんどん屋賑はしてゆく秋の暮
相席の気さくな古老走り蕎麦
行暮れて花柊の香と覚ゆ

よみがへる幼き日々やゆすらうめ

新涼の柄香炉みがく新発意

釈奠の軒端にうたふ雀の子

筏宿名残りの河岸の山法師

巫女渡る丹の橋美しき水の秋

「相席の」の句。蕎麦好きは早刈りの秋蕎麦を食したがるものである。老舗の蕎麦屋で相席となった老人は、昔のことをよく知っている気さくな人物であった。蕎麦通でさっぱりした粋な人物が浮かんでくる。「よみがへる」の句。ゆすらうめは、五弁の清楚な白色の花も、円らで可憐な紅い実も、少女の頃の思い出に通うものがある。この句は夏の句の中に置かれているので、果実を指しているのであろう。「筏宿」の句。筏を組んで川を流す筏師たちが寝泊りしていた宿であろう。川の上流にある筏宿の河岸には、白い山法師の花が似つかわしい。

作者の俳句への情熱は並々でなく、四季の民俗行事や宗教行事などへ、遠い地もいとわず足を運んで作句されている。

飛び火して騎虎の勢ひ野火走る
お会式の闇の躍動はるかより
幽音念仏満ちくる堂や御滅燈
蘆焼きの劫火一気にひろごりぬ
寂声の老の恋唄風の盆
よみがへる上布の光り雪晒し
童女めく九十三齢練供養
ねもごろに詩経を講ずおきまつり
地歌舞伎果て峡に増えゆく星の数
乙御前の面とれば爺嵯峨念仏

宮出しに勇む白丁暗闇祭
浜焼の匂ふ室の津浦祭

野焼・お会式・一つ火・蘆焼・風の盆・雪晒し・練供養・釈奠・地歌舞伎・嵯峨念仏・暗闇祭・室の津浦祭など、ざっと採り上げても十余の行事に及ぶ。「お会式の」の句は、池上本門寺のお会式を詠んだものであろう。万燈を押し立て団扇太鼓を威勢よく打ち叩きながら闇を来る一団は、ハッキリとは見えないが、躍動感だけはひしひしと伝わってくる。「寂声の」の句は、越中八尾の風の盆を詠んだ句である。「唄われヨー、わしゃ囃す」の掛け声に合わせて、老人が越中おわら節を寂々と唄いながら流してゆくのだ。艶冶な趣が表現されている。「よみがへる」の句は、小千谷や南魚沼で見た越後上布の雪晒しの景であろう。雪田の上に広げた上布が、春の陽光と融雪の光の中で輝いてゆくさまが「よみがへる上布の光り」によく表現されている。

作者の俳句への情熱は、四季の行事への関心のほかに、さまざまな表現上の工夫となって現れている。

扇面を流るる筆の一句かな
香をたたせ菊師袂をととのへぬ
冬桜薄日のいろとなりにけり
くろがねの富士を欹て寒夕焼
翩翻と産着ひるがへる新樹晴
水漬くまで己が影見つめ蓮枯るる
寒鯉の影のずしりと横たはる
ほうたるの光り濡れゐる青さかな
水打ちしごと秋蟬の声途絶え
凍滝の命脈縷々とありにけり
くつがへる初夏の浪裏紺深し

竜天にのぼる碧瀾膨れくる

「香をたたせ」の句は、菊師が菊人形の袂の菊を挿し替えているのであろう。その時、かすかに菊の香が立ったのだ。それを見逃さずに捉えて趣のある句に仕立てている。「翩翻と」の句では、「翩翻」という言葉はふつう旗などがひるがえる時に使うものだが、それを産着がはためいているさまに用いて、誕生した子への祝意を伝えている。「新樹晴」の季語も、新生児を讃美する言葉だ。「くつがへる」の句は、初夏の青々とした浪の色をその裏側の色で表す視点がユニークだ。裏の色を描くことで、表の色まで想像されてくる。

作者の作品には骨格の確りした句が多いが、その中に、いたいけなものに寄せる慈愛に満ちた句が混っていて、心惹かれる。

出揃ひし足の屈伸蛙の子

おくれ蚕の簇おろおろ逡巡す

啞蟬の木肌と化して動かざる
疲れ鵜の縄はづさるる眼閉ぢ
尾を振つて水かがやかす蝌蚪の群
瞳に光宿りてきたる羽化の蟬
柚子坊のさ緑美しく肥えにけり

「出揃ひし」の句は、お玉杓子に足が生えて、やっと蛙になったばかりの喜びを表現している。「足の屈伸」がユーモラスで、生気に溢れている。「啞蟬の」の句。雄の蟬は盛んに鳴いて飛びまわるが、雌は黙ったまま木の幹を這っているることが多い。そうした目立たない雌の蟬の生涯に、作者は心を寄せているのである。

こうした慈愛の心は、ご両親から受け継がれたものであろう。

繭籠るごと母ねむる簾かな

いつも笑む遺影の母や福寿草
母の待つ厨の灯色忘憂草
酌み交はし語りあひたき父の日よ
遺影若き父の遠忌や雁渡し
天狼の青澄む影や父恋し

いずれの句も、ご両親とのあたたかな思い出が、懐かしく描かれている。

芭蕉に「風雅におけるもの、造化にしたがひて四時《しいじ》を友とす」という言葉がある。一美さんがこれからも自然から学び、四季を友として、俳句に精進されんことを願って、筆を擱かせて頂きたいと思う。

令和四年六月

鈴木貞雄

目次／羽化

句集　羽化

蕗のたう

平成十二年〜十七年

初凪や富士の銀嶺湾を統べ

初空を占む紅梅の一二輪

菊炭の尉のめでたき釜始

三日月のおぼろに剣をしのばせて

梅と雪ふれあふあたり紅ほのか

雨後の土忽と割りたる蕗のたう

飛び火して騎虎の勢ひ野火走る

逃げまどふ鼬に野火のせまりくる

滝壺の瑠璃を湛へて凍て返る

蹠より土の香たちし雨水かな

朱の房の一糸乱れぬ雛調度
雛の瞳の一点見据ゑ流さるる

無造作に薔薇のアーチの芽吹きけり

白木蓮月の御空に舞ひにけり

紙風船折皺深く膨れくる

ふらここや腹立ちて蹴る空無限

出揃ひし足の屈伸蛙の子

開きつつ翳りの生るる白牡丹

青富士の縞なす雪の淡さかな

若楓滝へせり出し煽らるる

ビロードの花びら弾く薔薇の雨

もの音の沈みて梅雨の美術館

旅の身にしみとほりけり梅雨の霧

扇面を流るる筆の一句かな

花菖蒲雨降る色となりにけり

水神の幣新しく代田掻

厨の灯映し代田のしづもりぬ

戸隠の月を田毎に植揃ふ

雨脚の路上に立ちし驟雨かな

睡蓮の静かな水位ありにけり

白き斑の樹林にはづむ鹿の子かな

さざ波の返すひかりも秋めける

竜淵に潜み小暗き神の池

お逮夜のお会式桜咲いてをり

お会式の闇の躍動はるかより
おばしまに小首かしげて小鳥来る

遣り水の脛巾に滲むる菊人形

香をたたせ菊師袂をととのへぬ

石抱く盆栽菊の根のあらは
水引の紅を引き出す日差しかな

秋蝶の黄のあざやかに吹かれ去る

その先の宙をまさぐる葛蔓

蘗ひろげ夕日塗れの曼珠沙華

ちんどん屋賑はしてゆく秋の暮

校庭に流るるワルツ木の実降る
燦々といてふ黄葉のほがひかな

相席の気さくな古老走り蕎麦

点滅の留守番電話暮の秋

あふり烏賊呼吸爽かに透けてをり

耀札を浮かべて沈む鮃かな

冬桜薄日のいろとなりにけり

空の冷え花蕊にありし冬桜

幽音念仏満ちくる堂や御滅燈

一つ火に満堂の衆照らさるる

冬滝の千筋の糸の衰へず

霙るるや廂に鳩の含み鳴き

行暮れて花柊の香と覚ゆ

裸木の倒影細る水面かな

街灯の奥の闇より雪霏々と

くろがねの富士を欹て寒夕焼

翠　蔭

平成十八年〜二十二年

門松立て花街に売るぽち袋

道行の紅絹の蹴出しや初芝居

おだやかに仏間満ちくる初日影

出初式虹の放水十重二十重

破魔矢受く小さき命身籠りて

雪囲突き抜け光る辛夷の芽

寒明の松葉の針の光りかな

がうがうと森の鳴りゐる榛の花

草萌に枝折戸ひたと閉ざしあり

蘆焼きの劫火一気にひろごりぬ

猛り来し蘆火水辺にたぢろげる

春眠の河馬全身を地に預け

水底の影の騒立つ桜東風

小面の嘆きに翳る夜桜能

橋掛りあやかし現るる花月夜

水口に花の浮かべる御饌田かな

桜咲き稜のやはらぐ武甲山

山の辺の卵塔寂と落花浴び

花冷の高座畳の窪みかな

翠蔭に置かれ手擦れの遍路杖

翩翻と産着ひるがへる新樹晴

宮出しの木遣り流るる杜若葉

拍子木一打千貫神輿駈け上がる

銭湯に祭提灯点りけり

よみがへる幼き日々やゆすらうめ
酌み交はし語りあひたき父の日よ

上り蚕のすき透りゐる梅雨の月

新繭に命の温みありにけり

おくれ蚕の簇おろおろ逡巡す

伽羅の香のもてなし床し梅雨の入

繭籠るごと母ねむる簾かな

溢れくる涙を隠す髪洗ふ

深海めく真夜のマンション熱帯魚

夜鷹啼き神南備の闇深めけり

啞蟬の木肌と化して動かざる

笛吹川鵜飼　四句

出番待つ鵜籠ひたひたひた波寄する

火の水面毀ち荒鵜の浮び出づ

逸り鵜の鮎吐かさるる飲《の》み門《ど》かな

疲れ鵜の縄はづさるる眼閉ぢ

夕顔や八尾の坂に灯の入りし

寂声の老の恋唄風の盆

踊子の紅緒の草履干されあり

氷塊のグラスにひびく良夜かな

萩咲くや庵に遺愛の小抽斗

日の温み奪はれてゆく月の稲架

姥捨の月を祀りて鎌祝ひ

新藁の草履のあがる足の神

巡礼のこころに触るる紫苑かな

燕去ぬ夕べうつろな駅舎かな

曼珠沙華咲いて火生の不動尊

露の世の御堂に護摩木うづたかく

ぽつねんと火消壺ある土間の秋

白銀の一糸逸れたる秋の滝

朴一葉月の光りをまとひ落つ

喪の足袋を脱ぎし跣の冷たかり

侘助の囁くやうに開きたる

望郷の色に点りし木守柿

電飾の明滅の間年流る

水漬くまで己が影見つめ蓮枯るる

初氷仏足石の凹に張り

寒々と戦の遺品ござれ市

寒鯉の影のずしりと横たはる

雪の夜の小切子節のうら哀し

月光の湖蒼茫と凍てにけり

雪晒し

平成二十三年～二十七年

あらたまの岩戸神楽の鈴の音
初春の神木たたくけらつつき

朝の日に武甲山かがやく午祭

晨朝の木鉦ひびく牡丹の芽

濡れてゐし駒の鼻先冴返る

料峭の眼潤める輓馬かな

滾つ瀬の夜目にも白き雪解川

母逝きし真夜の天狼冴返る

春の雪柩に触れて消えにけり

鳥雲に棚引き薄るる茶毘の煙

震災の空ましぐらに燕来る

鋤きたての土を咥へてつばくらめ

増長天真つ赤に嘆く涅槃変

涅槃図の目のなき蚯蚓身悶えす

描ききれぬ嗚咽満ちくる涅槃絵図

雪深き堂に黄金の涅槃像

下萌ゆるものにためらひなかりけり

尾を振つて水かがやかす蝌蚪の群

銀嶺の八海山指呼に雪晒し

よみがへる上布の光り雪晒し

苞脱ぎし襲にほやか紫木蓮

眉を刷く筆迷ひなき雛師かな

殿上眉戴く雛の眸の涼し

金輪際眼合はせぬ雛かな

張りつめし力ふと抜き初桜

満開の花のもとゆく野辺送り

花冷の礼拝堂の木椅子かな

滝ひびく空海の忌の磨崖仏

漆黒の幹美しき花の雨

花冷の寺門に愛別離苦の偈頌

童女めく九十三齢練供養

来迎会仰ぐ衆生の眼の涼し

菩薩みな螺髪紺瑠璃練供養

曝涼の金泥薄る来迎図

馬酔木植う涼風はやも通ひけり

ひるがへす襷涼やか巫女の舞

翠蔭の神燈ともる夕ごころ

水殿の影より現るる錦鯉

三狐神祀る祠の五月闇

月夜野の闇美しき蛍狩

ほうたるの光り濡れゐる青さかな

畦道の遠き日のごと花萱草

川社豊栄を舞ふ挿頭巫女

直会の母屋の灯明し夕河鹿

見番の雨に灯ともし宵祭

薄《うす》襖《あを》の禰宜の凜々しき祭馬

妍競ふ女神輿の小振りなる

鵜鳴き夏経に籠る僧独り

えごの花散りつぐ堂に一夏かな

瞳に光宿りてきたる羽化の蝉

羽化の蟬月光に透くうすみどり

仄暗き懺悔の小部屋梅雨深し

聖玻璃の磔刑にさす大西日

凌霄花の奮ひ立ちたる緋色かな

鬢付けの沁み入る艶の籠枕

新涼の柄香炉みがく新発意

邯鄲や峡の杉秀に星現るる

露の世に遺り艶めく琴の爪

高麗の裔墾きし确《そね》のそばの花

水打ちしごと秋蟬の声途絶え

磧草の花に執して秋の蝶

式台に生絹の几帳雁渡し

一族の墓あらはなる刈田かな

ひやひやと淋しさつのる膝頭

伊良湖岬　四句

夕暮の岬に逆落つ渡り鷹

鷹渡る浜に流木累々と

鷹渡る杜国の墓の空高く

浅黄斑蝶宿りし草の露滂沱

身にしむや螺鈿の龕《がん》に磔刑図

尼僧弾く明治のオルガン小鳥来る

母許の縁にうたたね菊日和

銀杏散る光りの中の母子かな

華甲過ぎからの人生実むらさき
橋はづし礎さらし池普請

雪滂々機の灯洩るる細格子

天棚に雪沓を乾し深眠り

夜風出て裏山の鳴る葛湯かな

紅薔薇蕾のままに凍てにけり

蒼ざめて刃剝き出す崖つらら
渓底の闇に吸はるる雪霏々と

寒垢離の印結ぶ指震へづめ

凍滝の命脈縷々とありにけり

夜も富士の影をさだかに冬銀河

寄宿舎に望む雪嶺とほしろし

染みあとの褪せし日記や冬深し

竜笛の闇裂く追儺神楽かな

禰宜と鬼並びなほらひ節分会

一夜へし影ぽつねんと追儺豆

雁の頃

平成二十八年〜三十年

いつも笑む遺影の母や福寿草

梅ふふみ絵筆に滲む唐棣《はねず》色《いろ》

雪折の沈丁の紅にじみけり

紫史執筆の寺と伝へて桔梗の芽

やはらかき如来の衣紋春の塵

反り美しき身舎《もや》の裳階や花の雨

芽吹くものなき鳥戸野の御陵かな

しち難しき祭器の文字孔子祭

ねもごろに詩経を講ずおきまつり

緋の直衣求子を舞ひおきまつり

釈奠の軒端にうたふ雀の子

神泉の音なく湧ける花青木

花冷の堂に地獄図極楽図

行く春の一山一寺経納め

晩鐘のひびく八重山夕霞

八ヶ岳の湧水さはに春りんだう

寝落ちたる森のペンション星涼し

深々と一寺うづもる若葉かな

杉戸絵に唐子の遊ぶ寺若葉

葉桜や夜間保育の灯の洩るる

崩るるも王者の気品緋の牡丹

黄菖蒲の池水の冥さはらひけり

狛犬の口中赤き五月闇

原爆ドーム瓦礫に生ふる歯朶青し

くつがへる初夏の浪裏紺深し

罔象女《みづはのめ》祀る社の花うつぎ

形代の袂の千切れ流れゆく

筏流しの川と伝へて河鹿鳴く

ふんだんに清水を使ひ洗鯉

水打つて灯の色走る老舗かな

蛇の衣掛けてありたる水蠟樹《いぼたのき》

青梅雨や雉鳩鳴けば父想ひ

木斛咲き僧宇にともる灯閑か

万年雪ひかる奥嶺や禅庭花

翠巒をつらぬく瀑布とほしろし
強力の鈴の音澄めるお花畑

夕焼冷め餓鬼の田おほふ真の闇

母の待つ厨の灯色忘憂草

柚子坊のさ緑美しく肥えにけり

蛹裂け揚羽の生るる刹那かな

朝明けの空へ高舞ふ揚羽蝶

土用芽の真赤に八月六日かな

臥す子規の目線の丈に鶏頭花

寝ねがてに露の音聴く子規ならむ

身にしむや子規病中記乱れなし

一途とは命惜しとも法師蟬

悄然と炎むら失せたる曼珠沙華

戦闘機並びし基地の赤とんぼ

忌の庭に彩をこぼして秋の蝶

檜枝岐　六句

露の世の墓に九曜紋揚羽紋

地歌舞伎の今愁嘆場盆の月

演目に祖の思ひや村歌舞伎

地歌舞伎果てて峡に増えゆく星の数

湿原の鹿のぬた場の猛々し

村落に間引きの昔身にぞしむ

菊の日の菊の蒔絵の大棗

被綿に香の沁む白菊黄菊かな

花街に抜け道多し鶏頭花

内陣に芸妓もまじり菊供養

遺影若き父の遠忌や雁渡し

父逝きしかの日のやうに秋夕焼

舞殿の御簾のほつれも雁の頃

深秋の松羽目寂し神楽殿

爪皮を芸妓選りゐる初しぐれ

辺つ波に己が身ゆだね浮寝鳥

万両や園に古りたる組井筒

水に浮き色よみがへる散紅葉

枯蓮没りたる水の澄みゆけり

落葉踏む一歩一歩の無心なる

冬ざれや絵皿に残る茜色

予科練の霊《れい》璽《じ》簿《ぼ》厚し灯冴ゆる

大鋸を壁に吊るして冬に入る

地歌舞伎の衣裳繕ひ冬籠り

式三番叟復習ひ村の子卒業す

澄みゆく

平成三十一年～令和三年

初日さす千木燦然と一の宮

松取れて山宮の禰宜里へ下り

天空の紺引きたたす寒紅梅

料峭や牧に輓馬の立ち眠り

馬駆けの逸る鬣風光る

天水桶に梅の花活け朝祈祷

畳縫ふ針に余寒の光りかな

かたかごの花のさざ波林縫ひ

翠苔の万葉の歌碑春しぐれ

如意ヶ岳借景にして涅槃寺

弥陀仏の蓮華宝座の春の塵

沙羅の木の肌へ艶めく雨水かな

農鍛冶の火床《ほど》の炎明り木の芽雨

竜天にのぼる碧瀾膨れくる

古井閉づ無心庵跡すみれ草

花街にひさぐ鼻緒屋君子蘭

椿落つ幽き音に心有り

鉦太鼓はやし無言の嵯峨念仏

鄙びたる科のをかしき嵯峨念仏

乙御前の面とれば爺嵯峨念仏

絹本の曼荼羅寂びし鳥曇

宮出しに勇む白丁暗闇祭

鳳凰の夜陰にひかる神輿渡御

更けし夜の本社神輿の揉みに揉み

スニーカーの白の眩しき立夏かな

晴れ晴れと朝の珈琲アマリリス

呉竹の葉漏れ日やすし葭簀茶屋

青葉木菟鳴いて火入れの神事かな

能管の幽翠に滲む薪能

羽衣の摺箔燦と薪能

人出絶つ園丁ばらの蕾剪り

濁り江に映ゆる海芋の白さかな

良寛の仮寓の寺の手鞠花

身一つてふ月の涼しき五合庵

朝明けの若葉風入れ座禅堂

幽翠の川瀬にまじり河鹿鳴く

東舞の袖をこぼるる紅絹涼し

御即位を祝ひ繰り出す町神輿

伶人の衣摺れほのと薫衣香
鉾まはす鈴の音美しき嵯峨祭

小倉山にまつる歌仙祠山滴る
早晨の竹林の径露涼し

長梅雨の香を薫きしむ町屋かな

繭蔵の木舞あらはに梅雨あがる

霊峰の木暗れに妖と銀竜草

筏宿名残りの河岸の山法師

内井戸のありて商家の土間涼し

渓流の瀬音高鳴るハンモック

暁光に明けくる山の錦かな

瑠璃鳥鳴いて湿原の霧動き初む

落蟬の鳴き尽したる腹白し

新秋のしぶき真白き禊滝

邯鄲や窓あけ眠る御師の宿

萩咲くや庵に遺愛の小抽斗

藍きはむる染付の花器白木槿

シャッターを閉ざす盛り場秋海棠

道祖神寄り添ひ在す稲の花

精霊棚をがみ加はる踊の輪

とくとくと水湧く池塘星月夜
幽邃に白光放つ月の滝

深々と蘆に雨降る火恋し

蘆原に残る卵塔虫集く

瀲灎と湖の更けゆく月明り

雨あとの神苑に立つ秋気かな

巫女渡る丹の橋美しき水の秋

息ひそめ螺鈿貼る塗師秋しぐれ

少庵の低き露地門萩白し

燈火親し古書の栞を変へてより

浜焼の匂ふ室の津浦祭

室の津の遊女のいはれ実紫

帆柱に祀る船霊小春凪

古稀過ぎの一日ひと日や竜の玉

石蕗の黄の己が光りに迫出せり

麦の芽の雨余のさみどり遠筑波

裸木となりて神さぶ大銀杏

時雨るるや池に丹の橋丹の鳥居

綿虫の頻りに舞ひて影のなし

天狼の青澄む影や父恋し

時の疫の果てぬ人の世白鳥来

冬凪や鉄橋渡る貨車長し

今生の朱ヶの澄みゆく冬薔薇

冬日射す筧滴々光ゲ零し

山水引く露地の筧や藪柑子

枯あぢさゐ濡れて紫紺の匂ひたち

あとがき

俳句を始めた動機は、何気なく地元の俳句講座を受講したことでした。

その後、「若葉」主宰の鈴木貞雄先生の俳句講座を受講して、俳句の面白さに魅かれたからでした。

翌年、早速「若葉」に入会しました。

私が十歳の頃、いつも忙しそうな父が、のんびりと新聞を広げ、「春の海終日のたりのたりかな」という蕪村の句を読み聞かせてくれたことを、俳句を始めて、何年かして思い出しました。その父も私が十七歳の時、突然亡くなりましたが、俳句を続けているうちに、あの時の父の話が、俳句へ導いてくれたような、思いに至りました。

「若葉」に入会し、二年後くらいに、地元の寺島美園先輩に出合い、私の母と同齢だったこともあり、親しみを感じ、各地へ吟行に出掛けるようになりました。句作よりも俳句の仲間と出掛けることが楽しく、誘われるままに、毎年の「若葉」の吟行旅行に同行させて頂くようになりました。俳句の道へ優しく御指導下さった、美園先輩も、今年の五月に逝去されました。

「若葉」に入会以後、徐々に、参加させて頂いた句会の先輩、誌友の皆さまの温かい御指導に感謝申し上げます。

俳句に出合って二十余年、瞬く間に過ぎてしまいましたが、コロナ禍にあって、溜まった句を整理しつつ、一冊に纏められたらと考えるようになりました。ここに至るまでは、遅疑逡巡の日々でした。主人にも相談したところ、今年は「喜寿」になるのだから、この機会に、句集を出すのも良いのではと、背中を押され、漸く思い切ることが出来ました。

句集名「羽化」は、ベランダの鉢に種から育てた柚子の若葉を丸坊主に喰い尽し、近所で柑橘類の葉を分けて貰いつつ、成長した青虫が愛おしく、蛹から羽化をする過程をつぶさに観察して、朝明の空へ放った「ナミアゲハ」の命の営みへの感動から句集名としました。

鈴木貞雄主宰には、御多忙な中、身に余る、温かい御序文を頂き、心より感謝申し上げます。

「若葉」に入会して以来、御指導頂きましたことを思い出しつつ、これからも作句を楽しみたいと思います。

出版にあたりましては、ふらんす堂の皆さまの御尽力に御礼を申し上げます。

又、内々のことですが、私の背中を押し、相談に乗ってくれた主人にも「ありがとう」の一言を添えたいと思います。

令和四年九月

滝澤一美

著者略歴

滝澤一美（たきざわ・かずみ）　本名　鎌田一美

昭和20年8月　群馬県生
平成９年　「相思樹」入会
平成11年　朝日カルチャー俳句教室
　　　　　鈴木教室入門
平成12年　「若葉」入会
平成14年　「瑠璃の会」入会
平成17年　「相思樹」退会
平成24年　「若葉」同人

俳人協会会員

現住所　〒338-0832
　　　　埼玉県さいたま市桜区西堀4-1-1-1116

句集　羽化　うか

二〇二二年九月二八日　初版発行

著　者――滝澤一美
発行人――山岡喜美子
発行所――ふらんす堂
〒182-0002　東京都調布市仙川町一―一五―三八―二F
電　話――〇三（三三二六）九〇六一　FAX〇三（三三二六）六九一九
ホームページ　http://furansudo.com/　E-mail　info@furansudo.com
振　替――〇〇一七〇―一―一八四一七三
装　幀――君嶋真理子
印刷所――日本ハイコム㈱
製本所――㈱松岳社
定　価――本体二七〇〇円＋税
ISBN978-4-7814-1501-7　C0092　¥2700E